柱時計

周舜

AMANE Shun

文芸社

目次

柱時計

春の雪

引っ越してきた時以来、この部屋に入ったことはなかった。主が暮らす前と同じように家具は取り払われ、がらんとした空間が拡がっている。

南向きの障子越しに柔らかな陽差しが温もりを落としていた。

その陽だまりには飼い猫のハナが寝ている。

「パパのこと頼んだわよ」

そう告げられた時、ハナには何の意味か分かっていなかったであろう。

ただハナはハナなりに、それが主人との別れであることを悟っていたのかもしれない。

主が玄関ドアを開けて淡い陽光の中を小走りに駆けていくのを、玄関に続く廊下に座ってじっと見つめていたのだった。

春が来たというのに、一段と冷え冷えした空気が私とハナを包んでいた。

見上げると白い粉雪が舞い始めている。

陽はキラキラと輝いているにもかかわらずだ。

桜も五分咲きのまま悴《かじか》んでいる。遠くに虹がかかった。

こんな春の日に……そう思う。

「あっ」

「傘を持たせるのを忘れた」

あわてて家の前の路地に駆けだしていた。

粉雪は音もなく降り続いている。白く薄化粧を終えた路面には、もう義娘の足跡はどこにも見えなくなっていた。

その日から私とハナの二人だけの暮らしが始まったのだ。

早朝は枕元に来て、寝ている私をじっと見つめている。こちらが目を覚ますまでじっと枕元に鎮座しているのである。目を開けると初めて「ニャー」と挨拶をしてくる。そして、小さな頭を私の顔にこすりつけてくるのだ。

眠い目をこすりながら朝のお決まりの手順が始まる。

顔を洗う前にハナの朝食の支度を済ます。飲み水を新しいものと取り替える。トイレもペット用の砂を入れ替えて清潔にしておく。

ハナは意外ときれい好きである。

一連の作業を終えてから、私は熱めのシャワーをゆっくりと浴びることにしている。一方、ハナはというと、私がバスタオルで水滴をぬぐうのをじっと傍らで見ているのである。

頭と背中をなでてやると、尻尾を立てて二階の義娘の部屋にいそいそと出かけていくのだった。こうした決まりきった毎日の作業が、私とハナの日課となっていた。

そのハナが逝った。

十五年も生きていたのだ。猫としては比較的長寿の方であろう。

十五年前、ハナはほかの兄弟姉妹たちと一緒に箱に入れられ、動物病院の前に捨てられていた。おそらく、近所の飼い猫が子供を産んでしまい、処遇に困った末のことだろう。取りあえず、病院に保護されたものの、病院で飼うわけにもいかず、里親を捜していたという。病院のスタッフによれば、ハナは幼少の頃は病弱だったとのことだった。そのおとなしい性格も災いしたのかもしれない。ほかの兄弟姉妹に押しのけられ、食事もままならなかったのである。

病院で里親募集のチラシを見て興味を持っていた義娘だったが、次第に痩せ細っていくハナを見ていられなかったのだろう。

ある日、義娘が抱きかかえるように我が家に連れて帰ったのだった。彼女は大きな瞳で私を正視して言った。

「この子、放っておいたら死んじゃうよ」

義娘と暮らし始めて以来、まともに彼女と視線を合わせたのはその時が初めてだったと思う。

挑むような目で私を見ていた。大粒の涙が一つ二つ頬を伝っていく。その涙をぬぐおうともせず、両手で子猫を抱き締めていたのだった。

私はその子猫「ハナ」を家で飼うことを承諾せざるを得なかった。


あれから十五年がたった。

その間に義父が逝き、妻が逝った。

胸に大きな風穴があいたような、寒々とした日々が続いていく。そんな中でも家の片隅にいつも温もりが絶えなかったのは、義娘とハナの存在があったからなのかもしれない。


家の二階はほぼ、彼女とハナの領域である。

私が生活の基盤としていたのは一階部分であった。

寝室と居間。書斎には小さいながらキッチンも備えてあった。浴室は大きめで、中庭の草木を愛でることができた。妻が風呂好きであったことからこうした造りとなっている。風呂場に続く化粧・洗面室もゆったりと造ってある。隣接する洗濯室からは中庭に出ることも可能になっていた。

一階は妻の生活中心の動線で設計がなされていたのだった。

だが、一人となった今では全く広すぎる空間となってしまった。

私は、書斎のソファと洗面・トイレ、それにシャワーブースだけで、生活のほぼすべてが完結してしまうのだ。

一人になってからの一階での生活は寒々としていた。

特に底冷えのする京都の冬の日々は、そこにいるべき人のいなくなった空間が恐ろしく広く冷たいものに感じられる。

この時期、私は書斎に逃げ込み、本に囲まれた穴熊生活を強いられるのだった。

そんな階下の状況とは対照的に、二階の各室は暖かい陽だまりで溢れていた。

私は今日、二階の義娘の部屋だった空間に立ち入ったのだった。ここへ越してきてから二回目の訪問である。

義娘が暮らし始める前と同様、がらんとした空間が拡がっている。ただ、今回は彼女がここにいて生活をしていた残り香が、障子から差し込む陽光の中をふわりと漂っているように思えた。

義娘の寝室。それと隣接する衣裳部屋。その隣の化粧室。浴室とトイレ。その動線の先には洗濯部屋がある。彼女の書斎は一階から上がって二階の踊り場の正面に位置している。

踊り場の左手の扉を開けると、二十畳ほどの居間とキッチンになっている。

二階は床暖房が奢られ、京都の冬も暖かく過ごせるのだった。

二階は二階で、階下の住人に干渉されずに生活することを可能としていた。

妻が逝った後、私は二階に上がる機会自体、とんと無くしていた。ただ、ハナだけはいつも生あくびをしながら、主のいなくなった部屋にいそいそと出かけていくのだった。

そのハナが逝ってしまった。

その日は日中からずっと私の寝室の布団の上に横になっていた。苦しそうに横たわってお腹を頻繁に動かし、荒い息づかいをしている。そっと体をなでてやると弱々しく薄目を開けて私を見つめるのだった。人も猫も同じである。今際の時が近づいていた。

前日は私を起こしてくれなかった。二階の部屋に上がることもなかった。食事も水もほとんど口にしていない。

私はハナの好きなようにしてやろうと心に決めた。

夜半、苦しげな悲しげな息遣いの後、大きく息を吸い込んだかと思うとハナは静かに旅立った。

私は年甲斐もなく無言で涙した。

仕事柄、数えきれないほどの今際の時に立ち会ってきたのだが。いつしか、そうした「別れ」にも神経が麻痺していたのだと思う。知らず知らずのうちに、儀礼的に患者を看取るようになっていたのである。残された家族の悲しみを慮れば、死を宣告する医者が涙してはいけないのだ。

そう自分に言い聞かせてきたはずだったのだが……

いつの間にか「三途の川の渡し守」に成り下がっていたようだ。

次々と続く別れに慣れきっていたのであろう。

その別れの奥には、その人の人生や家族たちとの思いが澱となり、積み重なっていたであろうこと、ハナはそのことを私に思い出させてくれた。

その亡骸は一昼夜、私の布団の上に横たわっていた。布団は暖かく、死後硬直の始まるのが遅かったせいもある。私にとって別れがつらかったせいもある。

硬くなったハナを、いったんは義娘の好きだったひまわりの根元に埋葬してやろうかとも思った。

妻が逝き、義娘が嫁ぎ、家猫が逝った。

すべての思い出が頭の中を駆けてゆく。

これから……

これから……

そう言葉だけが繰り返していく。見慣れた庭の木々、草花は相も変わらず自分たちの居場所にきちんと根付いている。

桜は緑の葉を残し、ハナミズキは白・桃・紫と、各々思い思いの花をその枝に咲かせている。陽は優しく緑の光を落としている。

私は思いあぐねた末、やはりハナを荼毘に付した。

小壺におさまったハナは人間のそれとは違い、小さな小さなものであった。

私はその小壺を見つめ決心する。

漠然と心に置いていたことを実行に移すことにしよう。

私は家を処分し、小壺に入ったハナを連れて南の島に向かったのである。


さて。南の島に降り立ったものの何から始めていいものか。

何かをしなければと思案したが、自分が医者として以外何もできないことを思い知らされた。

情けない。もう引退しようと思っていたのだが……

私は小さな診療所「大城医院」を始めることにした。

「先生、お疲れさま。私、あがりますね。明日は往診がありますから、朝、いつもより早く来ますね」

「ああ」

私は机に向かったまま、いつもの生返事を返した。

「先生、分かってます？　これ、明日の日程表。ここに置いておきますね」

そう言い残すと、看護師――たしかユカとか言ったか――は診療所を後にしていった。

「ふーん」とため息が出る。いや、よく働く。明るくてとてもよい娘さんだ。心から感謝もしている。

だが、私はもうそんなに働きたくはないのだ。私は、ここには神様からいただいた少しだけ余分な時間を過ごしに来たのだよ、と言いたかった。

ハナのように天寿を全うできることはないにしろ、残された時間をただ過ごすためにここに来たのだ。

死んでからも「家」に縛られる一族の墓には入りたくはない。かといって風葬や海洋散骨といった、亡骸を自然に返すという方法にもいささか抵抗がある。

この南の島では、お墓は自分の庭先に堂々と造ってよいと聞いた。

墓の中で酒盛りができるほど広いものも少なくないという。真偽のほどは定かではないが、墓の中に空調を備えている豪華なものさえあるという。

この島の人々は、「死」を母の胎内へ回帰することだと捉えているようなのである。

死は再び母の胎内に帰りゆくこと……

だとすれば、再び誕生する喜びもその中に内包されているに違いない。その点が気に入って、ここを終の棲家にすると勝手に決めた。もちろん受け入れる側が、こっちを気に入ってくれるか否かは別だが。

死は、自分の生命体としての活動が停止するということのほかに、自分とかかわってきた家族や、家や、社会からの離別が、当然のことながら伴ってくる。そのことが多くの「死」を複雑なものにしているように思えるのだ。

もう少し単純でもいい。

力が衰え守りたいものを守れなくなった時、そっと表舞台から去りたいのだ。

義父のように、家人や身内の者たちに甲斐甲斐しく世話をされ、カーテンコール後の余生を幸せに送る人もいる。

そうした人たちは、家族や親しい人々に十分なほどの愛情を注いできたのであろう。

そしてそのような人たちこそが、世話をされる権利があるように思うのだ。

自分の人生を振り返ってみると、私はその権利を享受するには、程遠い生き様であった。

人を愛すること。

家族を慈しむこと。

そうした経験も乏しく、描く人生が進んでいったように思うのだ。

義娘の実父は、彼女が幼い頃に他界していた。そのため、彼女の祖父——のちに私の義父となる人物である——が父親役を全うしてきたのだった。

義娘の母が私に嫁いでからも、彼女にとっての父親は義父であった。

私がまだ仕事に熱中できる気力と体力があった頃、義父から私の仕事場である病院に連絡が入った。娘——私の妻——の病についてだった。

涙ながらに義父が語った。

「先生、どうか娘を助けてやってください」

訥々とした言葉に私はひどく動揺した。その身一つで一財産を築いた男である。その自信と誇りは人一倍強いものがあった。その彼が娘婿である私を涙ながらに「先生」と呼んだのだ。

もちろん妻の病は十分に承知している。最善の処置も施して対処しているつもりだった。だが、私はあまりにも妻と病について客観的に見ていたのではなかっただろうか。

肉親の愛情とは人事を尽くした後でさえ、なお、漏れ溢れるものなのだ。私はその時、そう思い知らされた。これほどまでにも肉親の情とは深いものなのか、と。

私にはそんな経験はなかった。否、あったのかもしれないが、それを感受する心がなかったのだ。

私は思い返していた。ハナを両手で抱きかかえて、涙いっぱいの黒い瞳で挑むように私を見つめていたその義娘のことを。

自分には父や母の思い出はほとんどない。父親たらんとしても、いったい何からどうしていいのか、全く分からないのだ。当の義娘も父親の愛は祖父の愛以外知らないのだった。

私は研修医時代のことを思い返していた。現在のように医学教育が体系化され、理論化されていたわけではない。

後輩の指導に当たっている先輩医師たちも自身の業務に忙しく、後輩を手取り足取り育てる余裕はなかったのだ。いきおい、研修医たちは自分の努力と力で技術を習得しなければならなかった。

尊敬できる先輩医師のカルテの書き方、診療技術等を極力模倣することから始まったように思い出された。

そうだ。自分に不足していることを補うにはそれしかないだろう。そう心に誓うのだった。

まず義父は娘や孫娘たちに何をしているのだろう。答えはすぐに脳裏に浮かんだが、その直後、私はため息とともに絶望感に苛まれた。

義父は料理上手である。いや、もはや趣味が高じた「上手」レベルではない。ほぼプロ並みなのだ。持っている道具だけでなく、厨房も料理屋の調理場のように設えてあったのだ。

春夏秋冬、旬の食材が義父の手によって一流の味付けをされ、食卓に並ぶのである。唯一プロの料理人と違うところは、義父の家族に対する愛が、料理の一つ一つに込められていることであろう。父親たらんとするならば、家族のために手料理の一つも振る舞わねばならぬということか。

再びため息が出る。「男子厨房に入るべからず」との言葉にあるように、私は料理は女性の仕事であるとの先入観が強すぎた。フランスでは退役した紳士が、自分や家族・友人のために厨房を持つことが一番の贅沢である、と何かの本で読んだことを思い出す。

今の父親族は料理の一つもこなすのであろう。一方、私は仕事に埋没していたことを口実に何もしてこなかったのだ。妻や義娘の好みや食事の一回量、食べる速さ等、全く知らないでいた。それよりも何よりも料理とは、まず何から手を付けていいのか……

私は途方に暮れた。今さら料理教室などには通えない。通う時間などもちろん捻出できるものでもない。

そうであれば、まず知識を仕入れなければ。

本屋の料理本のコーナーに出向いては、何度も立ち読みをすることから始めてみた。医学書以外の本に首ったけになっている自分を、誰か知り合いが、まして患者に見られないか、肝を冷やしながらの立ち読みである。

徐々に知識がついてくると、今度は実践してみたくなる。医療技術についてもそうであった。知識と実践を繰り返しながら修正を加え、また修正することで技術を獲得していたことを思い出していた。

とはいっても、まだ、人様に食べさせるには味に自信がない。言うなれば治験段階といったところか。自分の「まかない」として試してみる。

幸か不幸か若い頃から外食だけの生活であったため、舌がおいしい「味」を覚えてくれている。少しずつ修正を加え、ようやく人様に出してもよいと思われる状態に到達した時、妻と義娘に提供してみるのだった。

だが、それはあくまでも自分の舌の基準であって、妻や義娘の好みとは当然違っているに違いない。そう言えば、義娘はカレーライスが好きだと言っていたが、どんなものなのだろう。例えば、彼女の好みが辛口なのか甘口なのか、見当がつかないのだ。

そして、そのことを言葉に出して聞くことがどうしてもうまくできないのである。

「あの……」

と言いかけて黙ってしまう。心の中では「今日は辛かった？　甘かった？」と問うているのに、口に出して聞き出せないでいる。

妻と義娘の食べる速さを見ながら、他愛のない会話を傾聴する。何か声色に変化がないか、気遣った。楽しいのか、楽しくないのか。二人の会話の様子を次の料理を作りながらそっと聞いていた。

ふっと苦笑いがこみ上げてくる。もうその人たちのために料理を作る必要はなくなったのだ。

コンビニ弁当にビールで済ませる近頃である。行きつけだった居酒屋にも寿司屋にも顔を出すことはなくなった。カウンター越しに対座する客に、嬉々として料理を振る舞う板前を相手に、一つ二つ気の利いた会話をすることも正直、億劫になってしまった。

そう言えば、自分のために料理を作ったことはなかったのかもしれない。自分の病気のために薬を飲んだ記憶もなかったように思う。いつも誰かのために、何かしらの活動をしていたのかもしれない。

まあ、いいか。

考えることも面倒になる。缶ビールをあおる。朝起きれば、また患者のもとに出かけていく。起床後のルーチンワークのように診療が続いていく。

守る者たちがいなくなっても、柱時計の振り子のように決まりきった仕事を続けている。

このまま時計の針が止まるまで、この日常生活を続けていくのだろうか。

義娘は元気にしているのだろうか。

幸せに日々を送っているのだろうか。

妻が逝く時、妻の代わりに義娘が幸せをつかむのを見届けることを誓った。

妻がいなくなれば、義娘との唯一の絆が断ち切れてしまうこと、自分の立ち位置がただの支援者兼料理人、そうなってしまうことを妻は慮ったのだろう。

妻は私に重い宿題を残していったのだ。

義娘の「幸せ」を見届けること。

そしてあの春の日、義娘は巣立っていった。

自身の愛した人と、私が埋められなかった彼女自身の本当の家庭を築くために。

私は料理人としての地位をもなくした。

「役割と宿題は終えたよ」と、天国の妻に静かに呟いていた。

南の海は月明かりにキラキラと輝いている。海風がビールで火照った頬に心地よい。つけっぱなしのラジオからはいつの間にか「上を向いて歩こう」が流れている。これは知っている歌だ。ジャズ調にアレンジされ、カバーされている男性ヴォーカルの声が、やけに哀愁を帯びて響いてくる。悲しみは月のかげに、か。なるほど、と独りごちてビールを口に持っていく。

ほろ酔いの頭と心に、波の音と潮の香り、そして月明かりがゆっくりと浸透していった。

柱時計

キヌ婆さんは私を見るなり、

「ああ、先生。こんなところまで……」

床から半身を起こすと目に涙を浮かべた。そのあとは声にならず、ポロポロと大粒の涙がしわだらけの頬を伝って落ちていった。

ユカの祖母、キヌが退院したという。入院前と同じく、具合はすぐれぬとの話を耳にした。

立ち寄ってみようと思い立ち、ユカに先導されて、キヌの家を訪れたのだ。

「バァバ、先生が心配してきてくれたよ」

孫娘は老婆を気遣って、綿入り半纏を骨ばった肩にそっとかけていた。

「お帰り。やっと退院できましたね。まだ安静が必要と、病院の先生は言ってなかったですかね」

いつものように声をかけると、その老婆はさらに恐縮したように、

「もったいない。もったいない」

そう口ごもるのだった。

私を見る目から、大粒の涙がこぼれていった。

私は聴診器を鞄から出すと、しばらく手のひらで集音板を包んでみた。

集音板はまだひんやりとしている。私は他愛のない会話をした。老婆の緊張を少しでも和らげたかった。

「初めてユカさんに連れてきてもらいました。キヌさんがどんなところで頑張ってきたのかが気になったからね。ここからだと庭が一通り見渡せて、ずっと向こうには海も見えて、とてもよいところですね」

「先生にそんなに褒められると……こんなむさ苦しいところに来てくださって……」

老婆はまたポロポロと涙を流した。

「何か食べましたか」

「ええ。お粥さんをすこし……」

「焦らずに少しずつ食事も飲み物も増やしていきましょう。むくんでいた足も細くなって、きれいになったよ」

「先生、足だけかね」

「いいや、むくんでいた顔も細くなって、十歳ほど若返って見えるよ」

「先生、からかわないでください。もう婆ですよ」

「そうかな。そうは見えんな。どれ、心臓も若返ったのか。心臓の音を聴かせてもらおうかな」

私は聴診器の集音板が人肌に温まったことを確認すると、そう話しかけた。

「はいはい。診ておくれ」

老婆が胸を開いた。

前胸部の中心線の軟骨・胸骨の右端、第二肋骨部（大動脈領域）に聴診器を当てる。大動脈弁を血流が通過する際の駆出音に逆流音が混入している。

次に胸骨をはさんで対極の胸骨左縁第四肋間（僧帽弁領域）に聴診器をずらしてみる。そこも駆出音と拡張期音の混在が診られた。

また左室先端部——心尖拍動部をさぐる。心尖拍動部は胸骨中心線より左に十横指（ほぼ十一～十二センチメートル）のところに位置し、トクトクと胸壁を胸腔内よりたたいているのだった。依然、心拡大が存在しているようだ。

背中に回って肺野全体を聴取する。

吸気時、両下肺にブツブツという湿性の雑音が聞かれる。今回の心不全の誘因となった心臓弁膜の器質性変化が進んでいる。胸水も残存しているようだ。

聴診器を胸から外すと老婆の心配そうな顔が飛び込んできた。

私は老婆に顔を向け、

「キヌさんの心臓はまだまだ打ち続けるよ。まだ死なないね。ただし、今まで無茶をしてきているから、これからはもう少し安静にせんとね」

と声をかけた。

「先生、ホントかね」

とキヌは心配げに問うてくる。

「この仕事をするようになってから、基本的に嘘は言わないよ」

少し間をおいて、

「ただし、本当のことをすべては言わないかもしれないよ」

と笑ってみせた。

老婆にほっとした表情が浮かぶと、やっと笑顔を見せたのだった。

私はおもむろにパルスオキシメーター（指先で酸素濃度を測定する器具）を取り出すと、

「キヌさん、指一本借りるよ」

と言って、老婆の左手の指――第二指――の先端にパルスオキシメーターをはさんだ。

センサーは赤い点滅を示した後、「90」の数字を示した。

……厳しいな。私は心の中で呟いていた。

「これは何」

と老婆は怪訝そうに聞いてくる。

「これはキヌさんの心臓の力を示しているものだよ。百点満点で何点か。ほら『90』

と出ている。百点満点中、九十点の心臓だよ。大丈夫。私は信用できなくてもこの器具は嘘をつかないでしょ。これからは自分の心臓を大事に使っていってね」

そう言うと、再び老婆の顔に笑顔が戻った。

振り向くとユカが心配そうに立っている。私は目で「少し厳しいね」と合図した。

ユカはコクリとうなずいている。

「ほらユカ。先生にお茶をお出しして。何のお構いもせんで」

「バァバは動かんでいいよ。先生がついているから安心ね」

そう明るく答えると、ユカは立ち上がって台所へ向かっていった。

老婆は目を細めてその後ろ姿を見ている。

「先生。本当に私は大丈夫なのかね。あの娘が嫁に行くまでは生きとらんとね」

私は黙って老婆に微笑んでみせた。

「バァバ。私は嫁に行く気はないからね。長生きしてくれんとね」

ユカはお茶を淹れる準備をしながらそう明るく答えてくる。

「先生。ユカは私にはもったいないぐらいよい孫でね。優しいしね。器量良しだしね」

「バァバ。そんなことを先生に言うのは失礼よ」

また台所から声がする。私は老婆と孫娘の微笑ましいやり取りを聞いて、思わず口元が緩んだ。

夏の潮風がサーッと老婆の寝ている部屋を通り過ぎていく。ユカが甲斐甲斐しく茶を淹れてくれる間、私は遠くに見える海に目をやっていた。

海岸に白波が打ち寄せている。繰り返し繰り返し、絶えることなく打ち寄せ続けている。

部屋に目を移すと、大きな柱に古ぼけた柱時計がかかっているのに気付いた。

年季の入った柱と一体になっていたかのような色合いで、室内に溶け込んでいる。

いや、事実、柱の一部のようになっていて気付かなかった。よく見るとその長針も短針も動いているのだ。ゴッゴッと動いている。

私は診療所の柱時計を思っていた。

チクタク……チクタク……

それは永遠と思えるほど長い間、規則正しく時を刻み続けている。

チクタク……チクタク……

老婆の心臓は苦しみながら、不整を有しながらも、カクカクと動き続けている。

ユカがお茶を差し入れてくれた。

私はそれをいただくと、

「おいしい」

と笑って言った。

老婆は目を細めてユカと私を見て笑ってうなずいていた。

「キヌさん。また近くに来たら寄るからね」

私は帰り支度をすると立ち上がった。玄関先まで私を送ってくれたユカに小声で短く伝えた。

「ごめん。助けてあげられない」

ユカは真顔で私の目を見つめてうなずいた。目には今にもこぼれんばかりの涙をためている。

しばらく小径《こみち》を下って、表通りに出る時に振り返ると、ユカが深々とお辞儀をしてくれた。

遠くに見える海は青々と波打っている。紺碧の空には真白い雲が幾つも立ち上っていく。さわやかな海風が白々しく頬をなでていった。

海ぶどう

突然玄関ドアのチャイムが鳴った。少しためらいながら再度チャイムが鳴る。こんな夜更けに急患か。

自分みたいなヤブ医者を訪ねてきても何の解決にもならんのに……時間の無駄なのだが……そう呟き、ぼやきながら廊下を伝っていく。

「先生」

玄関を開けるとユカが立っていた。目には大粒の涙があふれている。訴えるような大きな瞳で私を見ている。

京都の家に置いてきた思い出がふと胸をよぎった。義娘がハナを連れ帰った時の情景が重なって脳裏を過ぎていく。酔いが醒めた。

「どうしたの。こんな夜更けに」

「私、私……」

そう言いかけるなり、またその頬を大粒の涙が落ちていった。

南国とはいえ夜半ともなれば夜風は体に障る。

「まぁ、そんなところに立っていないで入りなさい」

私はユカを居間に通した。

「先生、食事中でしたか」

「いや、いつもの寝酒を少しやっていたところだよ。散らかっているけど、かけて。ああ、そこのソファのあたりなら少しまともかもしれない」

そんな他愛のない会話をしながら、居間から続く中庭への引き戸を開けて外気を招き入れた。

居間の温もりに少し涼しげな外気が対流して、清涼感のある風がふんわりと居間を一蹴した。酒のにおいも少しは拡散したであろう。

ユカは気まずそうにソファに鎮座している。切羽詰まった表情は崩れていない。

私は本題に入るのは、今はまずいと考えていた。彼女が自然に話し出すまで待とう。

その方が今の状況ではよい選択に違いない。

「食事は済ませたの」

私はなるべく自然に聞いてみた。その娘は小さくかぶりを振った。

「私も小腹がすいていたところだ。よかった。一緒に食べようか」

ユカはコクリとうなずいた。

私は台所に続く食堂に彼女を案内した。彼女は興味深そうに台所、食堂、そして居間に目をやっていた。食堂と隣続きの居間からは、海に面した大きく開放的なガラスの引き戸が開け放され、海風が柔らかに流れてくる。遠くの海には波間に明かりが揺れている。庭のひまわりも陽差しが無くなった夜には皆、頭を垂れて寝ているようだ。

「先生、私お手伝いします」

そう言って立ち上がろうとするユカを手振りで抑え、

「ウチでは男が料理をすることになっているからね。そこでテレビでも見ながらくつろいでいて」

かつて義娘に言っていたように話していた。

「でも」

ユカは口ごもった。

「先生に食事を作らせるなんて。私……」

私は手振りで「気にしない、気にしない」と返事をした。

「もう医者の時間は終了。居酒屋のおやじの時間」

そう言いながら、台所の柱に掛かっている木の札を指差した。

そこには【居酒屋　大城亭】と書いてある。台所の柱に冗談半分に作ってかけてあったのだ。

「何か嫌いなものやアレルギーのあるものは」

それとなく問うてみる。

「いえ、何もありません」

ユカの硬い表情はまだ続いている。さて、冷蔵庫を開けてみて「うーん。今日こんな展開になるんだったら、買い出しをしておけばよかった」と心の中で悔やんだ。そこにあるものは限られていた。が、まぁ何とかなるだろう。そう自分を納得させようとオリオンビールをあおった。渇いた喉元に泡を適度に絡ませながら、心地よくビールが転がっていく。海風が部屋をなでていった。小さく波音が振動している。波は月光に真珠のような光をゆらゆらと輝かせては揺れている。

スープはまず温かめのものを出すことにしよう。一口そうめんをまず、さっと茹でる。その間にコンソメを湯で溶かしスープのベースを作る。スープに塩・胡椒を加えて味を調える。茹であがったそうめんを冷水で締め、レモン汁に浸しておく。さっとレモン汁を払ってコンソメスープに浮かべ、海ぶどう数房とオリーブオイル数滴を垂らすと「そうめんスープ」の出来上がりである。

「まずは」

私はそのスープをユカに提供した。ユカは目を丸くしていたが、一口、口に含むと

弾けるように、

「意外。おいしい」

と笑みがこぼれた。

「意外？　お客様、意外とは心外ですね」

私も笑った。

「ふふ」

ユカの笑みが再びこぼれた。

「魚は？　生でも大丈夫？」

私は続けて質問していた。

「先生、大丈夫です」

明るい年頃の娘の声に戻っていた。ほっとした感情を抑えながら、再び冷蔵庫の中を物色する。酒の肴にしようとしていた刺身用のマグロが一冊見つかった。

それと、ゴーヤ、玉ねぎ、コーン、マンゴー、ジャガイモ、アボカド、豆腐四分の一丁……

「ビールは？」

「少しなら」

刺身用マグロを五切れほど薄切りにする。アボカドをサイコロ大に切り取り、ガラスの器に転がし、冷蔵庫に入れた。薄切りにスライスしたゴーヤを熱湯にくぐらせる。程よい硬さになったところで熱湯から揚げて、氷水に浸す。色落ちしないように塩を振りかけておく。

若い娘さんだ。オリオンの缶ビールはないだろう。

私は週末の楽しみに取っておいた「バスペールエール」の小瓶を冷蔵庫から取り出すと、冷やしたワイングラスに注いだ。褐色のビールに白い泡をクリームのように乗せるのがコツだ。今日は比較的うまくいった。

「これ、ビールですか？」

ユカは目を丸くした。

私は黙って、アボカド入りのガラス容器を冷蔵庫から取り出す。その上に水切りしたオニオンを並べ、上にはマグロの切り身を無造作に置いていく。オリーブオイルと粗塩で下味を整える。その上に先ほどスライスしておいたゴーヤと薄切りしたレモン、オニオンスライスを振りかける。最後にビー玉状にくりぬいて作っておいたマンゴーをそのガラス容器の上にぱらぱらと散らして完成とした。

「マグロとゴーヤのカルパッチョです。どうぞ」

ユカは大きな目を丸くして、

「かわいい」

と言った。

私は嫁いでいった義娘のことを思っていた。私が彼女のために買ってあげたワンピースの包みを開けるなり、「かわいい」と呟いていたことを思い出した。輝くように弾ける生命力が、精気となり若い女性を包んでいる。

これから母となり、新たな生命をつないでいくのだろう。そうした生命の気に触れるごとに、自分の老いが少し立ち止まった気がするのだ。

私はオリオンビールをあおった。風がすべての生命の源であったであろう海の香りを運んでくる。

美味しそうにバスペールエールを口に含みながら、二品目の皿に箸をつけている、その娘の横顔を見ていた。

私は再びオリオンビールをあおった。夜風が火照った頬に心地よい。ユカも程よく頬を赤くしている。先ほどの切羽詰まった緊張は少しほぐれたようだ。

私はいよいよ三品目、メインディッシュにとりかかった。先ほどのマグロの切り身を五センチ×五センチに切り分けておく。フライパンにニンニクとオリーブオイルを入れ、火にかける。オリーブオイルにニンニクの風味が移るのを待って、ニンニクを取り出す。マグロの切り身をフライパンに入れ、少しバターを加え、ソテーする。塩・胡椒で味を調えていく。先ほどのオニオンスライスとゴーヤスライスをみじん切りにカットし、切り身が隠れるほどたっぷりと振りかける。その上に白ワインをかけフライパンにふたをし、強火で蒸し焼きにした。白地の皿にゴーヤスライス、レモンスライス、オニオンスライスを、その上にソテーした切り身をのせる。フライパンに残ったオニオンとゴーヤのみじん切りをベースにバター、赤ワイン、黒糖でソースを作る。

マグロの切り身のソテーに出来上がったソースをかけていく。マンゴーのビー玉を数個ずつ皿に添えてみる。メインディッシュの完成である。

おいしそうに頬張るユカの頬を海風は爽やかになでていく。海に向かって開け放された縁側から、サワサワと波音が伝わってくる。月光に群青色の海がキラキラと真珠のような輝きを放ち揺れている。庭ではハイビスカス、ひまわりが静かに佇んでいる。

「先生。今日の朝方、バァバが亡くなりました」

そうユカは切り出すと声を詰まらせた。嗚咽が始まり、すすり泣きが続く。

私は料理の手をときおり止め、彼女のすすり泣きの邪魔をしないようにしていた。ふつふつと土鍋が鳴り始めている。芳ばしい香りが台所から、彼女の座す食堂を抜けて居間まで漂っていく。海の香りと程よい調和を作り出していた。

「私、バァバと約束していたんです。バァバが死んだらパーントゥの話を先生に聞かせてあげるって。バァバは自分がもうすぐ逝くことを先生なら分かっていたはずなのに、優しく包んでくれて……いい先生だね。バァバはパーントゥになって見守ってるから安心して。ありがとうって」

私は口をはさまなかった。ただ話に傾聴していることが分かるように包丁や皿を置く動きを中断してみせた。

「すぐにお話ししていいのか、もう少し後の方がいいのか。あてもなく歩いていたらここに来ていました。ごめんなさい」

私は彼女に笑顔を見せた。「気にしない、気にしない」そう手振りで応えてみせた。

彼女はまた一人語りを始める。

「私はバァバと二人暮らしでした。父は幼い頃に亡くなって。私、父の顔を覚えていません。母は別の男の人ができて。私もその人のところに引き取られたんです。でもその人のことを好きになれずに、ある日バァバのところに戻ってしまいました。それからはずっとバァバと二人で暮らしてきました」

私は何か言ってあげなくては、と思い続けていたものの、何をどう切り出していいか分からずにいた。

土鍋が蒸気と泡を噴き出し始めた。コーンの焼けた香りも同時に噴き出してきた。

コーンの炊き込みご飯がもう炊きあがろうとしている。ときおり海風が入りこみ、コーンの香りを部屋いっぱいに周回させていく。潮の香りをほんのりと混ぜていった。

青白い月明かりが波間を真珠のように輝かせている。静かな波音が振動してくる。庭のひまわりは静かに頭を垂れている。

コーンの炊き込みご飯が炊きあがったようだ。土鍋のふたを開けると、芳ばしい香りが魔法のランプのごとく立ち上がっていった。しゃもじで優しくかき混ぜ茶碗に取り分けた後、塩気を適度に残した海ぶどうを数束、ばらばらと散らしてみた。

ユカは涙を拭いて目を丸くした。一口頬張るとさらに大きく瞳を丸くし、私を見ると笑みがこぼれていた。いつもの明るい娘の表情に戻っている。

私はほっとして、もうすでに生暖かくなってしまったオリオンビールをあおった。

パーントゥ
追手に追われて、山径《やまみち》を小走りで逃げていく。

島の北端はこんもりとした山と、ガジュマルの森林に覆われた密林となっている。地元の人間は近づくことはない。

まして、夜半に、娘たちだけで。この島の北の森にはよほどの事情がない限り近づいたりしないはずだ。

化け物までもが住むという話もまことしやかに聞こえてくる。

しかし、島の住人にとっては、守り神の住む聖域でもあるのだ。

島のいたるところに設置された検問所に掛からないところなど、この島内では、この北のはずれの密林地帯をのぞいては皆無である。北の山のふもとには夥《おびただ》しいほどの松明が蠢いているのだった。

キヌは村一番の庄屋の娘である。齢十六になったばかりだったが、匂うほどに美しく育っていた。また、器量もさることながら、賢さでも群を抜いていたのだった。二十人ほどの娘たちが付き従うのもうなずける。

キヌを先頭に、年嵩の娘たちが年端のいかない娘たちを気遣い、介抱しながらの道行きである。足元を照らす明かりなどない。追手に居所をわざわざ告げる理由など、どこにもないのだ。

キヌの指図で皆が整然と並んで行進を続けていく。幼い娘が泣き出しそうになるのを年嵩の娘たちがあやしている。

「お姉ちゃん、暗くて怖いよ」

「もう少しだから頑張るのよ。捕まったらひどい目に遭うのよ。泣いてはダメ」

「…………」

何とか涙をこらえている、といった体である。そこここにシクシクとすすり泣く声が漏れてくる。

雲から月明かりが漏れ出す。

その微かな明かりを頼りに、キヌに先導され、一行は山径を登っていく。山裾の松明は、徐々に娘たちの行列に向かって網を狭めてきている。

キヌたちがたどり着いたところは北の山の中腹。

そこは平らな台地となっていた。奥には祠が見える。今にも崩れそうな祠だ。

祠を迂回して岩壁の方に向かうキヌ。一行は祠の前で円座を組んで休んでいる。

キヌはガジュマルの樹林の中へ一人消えていった。

少し間を置いて密林から姿を現すと、皆を手招きする。人一人がやっとくぐれるガジュマルの密林の中の小径を通って、二十人ほどの娘たちが次々と姿を消していった。

最後に残った年嵩の娘とキヌは、皆が通ったり休んでいた痕跡を丁寧に消していく。

周りが一通り、人気のない状態に戻っていることを確認すると、二人はガジュマルの密林の隠れ径へと消えていったのである。

「代官様。ここから先へは入ってはなりませぬ」

道案内の村人が真剣な面持ちで代官一行を制している。ガジュマルの密林の手前、祠に続く参道の入り口である。

「無礼者。娘たちはこの奥に逃げ込んだに違いない。邪魔立てするな」

代官は居丈高に村人を恫喝する。

「ここから先は島の先祖たちが、島の守り神となって住んでいらっしゃるところです。どうかお怒りを鎮めてください」

村人は真顔で制していた。

いつもは従順な村人である。そんな村人に抵抗されたことで、代官は怒りを沸騰させていく。顔は赤鬼のように怒張している。

馬をせかすためのムチを村人めがけて打ち下ろした。ビシビシと村人の顔や腕の皮膚の裂ける音が静寂な森の中に続いていく。

「代官様。無体な。静かに暮らしているパーントゥ様を起こさないでください。祟りがありますよ、必ず」

「パーントゥ？　なんだ、それは。貴様、死にたいのか」

年貢代わりに上納を命じた娘たちに逃げられたばかりか、いつもは従順な村人が、この島の北辺で人が変わったように口答えをするのだ。

怒りのやり場を失った代官は、帯刀していた刀を鞘から抜き出した。銀色の刃《やいば》が不気味に、鈍く、月明かりに揺れている。

「代官様。この者を討てば我々は帰り道に迷います。どうか、ご成敗は後にされ、ここはまずお怒りを鎮めてください」

側近の侍、一平太もそう諫めている。

代官は振り上げた太刀の納めどころを失った。傍らのガジュマルの枝を一刀のもとにたたき斬ると、

「今度口答えをすれば、即刻その首をはねるぞ」

と、村人に目を剥いたのだった。

側近の侍はほっと胸をなでおろした。

「代官様はご赴任なさって日も浅く、この島の事情を解されぬのは至極ごもっともなことでございます。私どもがこの島のことにつき、もう少し前に上申しておりましたら、島内の諸事情を含みおかれましたでしょうに。ご立腹の件、平に、平にご容赦を」

一平太は何とか代官の怒りを収めたものの、代官が得心したとは到底思えないでい

た。

「代官様。この島の者たちは、先祖たちが亡くなると島の北端の森を抜けて黄泉の国へ行くとの信仰を持っています。この森のどこかに、黄泉の国とつながっているところがあると信じているのです。

亡くなった者たちの魂はこの森を抜けて黄泉の国へ出かけ、そこで永遠に生き続けると信じているのです。

そして自分たちの子や孫、子々孫々の健康と安寧を見守り続けるというのです。村人たちは島の守り神と化した先祖の魂を『パーントゥ』と呼び、敬い、慕っているのです」

代官は不機嫌そうではあったが、一平太の話に耳を傾けている。

「パーントゥとはいったいどんな姿をしておる。鬼か蛇か」

「はっ。姿・形はないのではないでしょうか。ただ一年に一度、黄泉の国から舞い戻るとのことです。いささか不気味ではあるのですが、全身が黒ずくめで、カラスのような羽毛に覆われているとのことです。顔も黒い泥で埋まっているとのことです。

一年に一度、この上の祠から続々と出没し、自分の子孫の暮らしぶりを見て回るようなのです。中には顔や体に泥を塗られる子孫もいるようです。

なんでも黄泉の国からこの島に抜ける井戸の底の泥が、邪鬼を払う霊力を持つらしいのです。パーントゥはその地底の泥を払わずに出没し、また黄泉の国へ帰っていくそうです」

代官は黙って一平太の話に聞き入っていたが、

「だが一平太。逃げた娘たちはどうするのだ。徴収した租税は不足している。代わりに村の年頃の娘を差し出し埋め合わせよ、と国の殿が仰せだ。先祖神パーントゥとやらに怖気づいて下知を実行しなければ、おぬしもわしも終わりだ。分かるな」

「はっ」

一平太はそれ以上の反論は無意味と悟った。あとはキヌたちが無事に逃げきれることをひそかに願うほかない。

一平太はキヌとは顔見知りである。庄屋に税の徴収に出かけた時、何度かキヌと行き違っている。互いに会釈する程度であるが、ここ数年のキヌは目を見張るほどに美しく、賢く成長していたのだった。そんなキヌを、代官や国の殿が見逃すはずもないのだ。

一平太は自分の立場を悔やんだ。

少しでも代官が参道を駆け上がるのを遅らせたかった。娘たちを捜し出すまでの時間を浪費させることを思案していた。

あわよくば捜索を諦めてくれればと思っていた。

だが、そう都合よく進むわけはなかった。

代官は祠の内外を捜せと一行に命じた。くまなく捜索がなされたが、蟻一匹出てこなかったのである。

代官は怒りに任せ、祠と周辺のガジュマルの木々に火をつけるように命じたのだった。密林に身を潜めているであろう娘たちを、火であぶりだそうという暴挙に出たのだ。

ムチで打たれた先ほどの村人が、半狂乱となって暴挙にあらがっている。

代官は太刀をスラリと抜くと、大きくかぶりを振った。銀色に光る刃《やいば》は大きく弧を描くと、一刀のもとにその村人を斬り捨てたのである。

燃え盛るガジュマルの木々の明かりの前で、村人は影絵のようにゆらゆらと曲がりくねった後、地面に崩れ落ちたのだ。

その直後である。

月が黒い雲に覆われたかと思うと、一粒、二粒と、大粒の雨が降り出した。

すぐに土砂降りの雨に変わり、滝のように降り続いていく。

火を放たれた木々は、ジュウジュウと焦げ臭いにおいを残して鎮まっていく。

雨が小降りになり、残った松明に火が灯される。

祠のあった台地が、かがり火の明かりにぼんやりと浮かび上がってくる。祠は無残にも焼け爛れ、黒焦げの柱が数本残ったのみである。かがり火の勢いが増すにつれて台地に明るい円が描かれていく。台地のそこここに泥の水たまりができている。

そこで代官は目を疑うものを見ることとなる。

水たまりが浮き上がるように泥の瘤を作り始めたのである。

それらはみるみる大きくなると、かがり火の灯の中で人影のような形を成し始めたのだ。

泥人形が立ち上がった。体のすべてがカラスの羽毛のような体毛で覆われ、顔は泥で黒くぬめっている。黒い塊の中、眼光だけが怪しく光っているのであった。

泥人形二十体ほどが代官一行に向かって歩いてくる。

代官は仰天した。これが村人の言っていたパーントゥなのか？　それとも地神様を怒らせたのか？

部下たちはすでに浮き足立っている。代官は動揺したが、部下たちに怖気づいているのを悟られたくはなかった。

あわてて弓を番えようとする。しかし、手が雨に濡れて思うように矢を番えることができない。

代官は闇雲に矢を射った。どこへ飛んでいくのかも定めず、恐怖心に任せて射続けた。

「あっ」

向かってくるパーントゥに矢が当たったようだ。先頭のパーントゥは一瞬ぐらつくと、踵を返し逃げ出したのだ。

代官は勢いづいた。

「追え」

配下の役人たちに命じ、逃げたパーントゥを追いかけ始めたのだ。

すると、逃げていたパーントゥは突然立ち止まると、両手を上げて振り返ったのだ。勢いづいた役人たちは、取り押さえようと、パーントゥめがけ一斉に駆けだした。

パーントゥにまさに手がかかろうとするその刹那、追手の役人たちの姿が次々と消えた。それぞれが地面に吸い込まれていったのである。

代官には何が起こったのか理解できなかった。

かがり火の灯が届く円周の外にパーントゥは立っている。闇の向こうからは海鳴りが潮風に乗って舞い上がってくる。

「もう後がないな。後ろは崖だ」

代官はほくそ笑んだ。今度はゆっくりと矢を番えると弓を力一杯引き絞り、両手を広げてカラスの羽のような翼を広げるパーントゥに向かって矢を放った。

その時、代官は背中を丸太でドンと押し叩かれたような衝撃を受けた。

振り向こうとするが思うように体を反転できない。

自分の腹を見下ろすと、腹を突き抜けて先ほど切り落としたガジュマルの枝の先端が突き出ているではないか。

「なんだ、これは……いったいどうなったのだ」

腹部からはトクトクと生温かいものが噴き出し始めている。

代官は渾身の力を振り絞って振り返る。と、その時、自分の背後からガジュマルの枝の槍を突き立てている人物が目に映った。

「一平太……貴様……」

代官は最後の言葉を絞り出していた。

倒れていく時、自分の放った矢を胸に受けたパーントゥが一体、弧を描いて崖から落ちていく様が目に映った。

「キヌっ」

……一平太の声……

雨で顔の泥が流れ落ちたパーントゥの顔は、美しいキヌのものであった。

後は暗闇。海鳴りが強風とともに舞い上がっていた。


翌朝、一平太はキヌの落ちていった崖下に下りてみた。

一面が葦の群生地であった。見渡す限り、背丈ほどの葦が生い茂っている。

崖の縁には薄藍色の花が、葦の原を取り囲むように群生していた。

一平太には花の名は分からなかったが、島の周りを囲む海の色に似ていた。

岸辺は穏やかな海が続いていく。遠くのサンゴ礁辺りでは白波が立っているが、サンゴ礁の内側は静かな波が続いている。


一平太はキヌを捜した。パーントゥに扮し、代官一行を全滅させた娘はあの崖の頂まで代官たちをおびき出したのだ。自らが囮になって。

生きていたら大けがを負っているだろう。早く見つけて介抱しなければ……

一平太は焦っていた。

もし、万が一のことがあれば……いや、そんなことは考えたくはなかった。

一平太の内なる冷静な自分は「もう生きてはいないだろう」と納得しようとしていた。代官の矢に当たり、あの崖の頂から転落したのだ。よほどの強運であったとしても、あれから一昼夜が経過しているのだ。生存は望めぬであろう。

だが、もう一人の内なる一平太は、キヌは生きていると信じていた。

あのキヌが死ぬはずがない。あの賢さだ。自分が落ち延びる手立てぐらいは考えているはずだ。そう思いたかった。

一平太は葦の原を足を棒にして歩き回ったが、努力の甲斐も虚しくキヌはどこにも見つからなかった。

三日目の朝、葦の原のそこここに消えた娘たちが姿を現した。

各々、キヌを捜している。一平太がキヌを守ろうとして、代官を討ったことで安心して姿を現したのであろう。

さらに一昼夜、皆でキヌを捜した。彼女の消息は全くつかめず、手がかりすら見つからなかった。

一平太は残された娘たちとともに、悲しみをこらえながら自分たちができることを思案した。

一人の年嵩な娘が葦を集めて衣を織ることを提案した。

もう一人の年端のいかぬ娘が海を指して、あの色、キヌ姉さんが好きだった色だと言い出した。

皆が青い海の色に染めた衣にしようと言い、青い衣を織ることに決まった。

葦の原の周りに群生する薄藍色の花を集め、その色に染めた美しい上布が織りあがったのだった。

一平太は彼女たちが安全に人目につかず暮らせるように、北の山のガジュマル林を切り開いて家を建て、そこに彼女たちを匿った。機織りができるように手助けもした。

いつかまた、キヌが現れることを願って。

娘たちを追った代官一行の中でただ一人生還した一平太は、国家老あての顛末書をまとめていた。

代官と、自分をはじめ六十人ほどの役人で租税の不足分として上納を命じられた島の娘たちの確保に出向いた旨を詳細に書き綴った。

年頃の娘たちは島の北辺にあるガジュマルの密林地帯に逃げ込んだこと。

そこは島の先祖の魂が眠る聖域であること。

先祖の魂は「パーントゥ」と呼ばれる地元神となり、島を守っているとの話も添えた。

そこに逃げ込んだ娘たちを代官とともども追ったものの、娘たちは神隠しにあったかのごとく一人も見つからず、代わりにパーントゥ神が現れて、代官勢と戦闘になったこと。

自分をのぞいた六十人近い役人と代官は、パーントゥ神の怒りに触れ、死んでいったことを、それぞれ詳細に綴った。

最後に娘たちの失踪のために徴収できなくなった租税は、島の北部でのみ生産される貴重な上布で代納する旨も上申し、報告を終えたのだった。

国の殿は南の海を想わせる美しい上布をたいそう気に入ったという。

また、遠く離れた島の統治も、重税を課すのみでは住民の反感を買うばかりであることにも気づいた。

強権的統治を続けるための人員の配置を始め、諸費用の浪費も避けたかった意図もある。

一平太を代官代理に任じ、島民との融和策に転じたのだった。

年頃の娘たちを年貢代わりに差し出せとの暴挙は、一平太の代官代理時代からはなくなっていったのである。

チクタク……

チクタク……

診療所にある柱時計は相変わらず規則正しく時を刻んでいく。

私はユカの話してくれたパーントゥの話、先日亡くなったキヌ婆さんのことを想っていた。

机の上は今日も雑然と書きかけのカルテや書類が並んでいる。

窓からは海風が流れてくる。

キヌ婆さんはパーントゥとなって見守っていてくれるという。

永遠の存在となったパーントゥは、永遠の時を生きていくのだろうか。

この島では、死は母の胎内に回帰すること。そして再び生まれくること。

この島の北のガジュマルの密林の奥では、そうした信仰が生まれるような、時空を超えた出来事が起こっていたのだろうか。

キヌはパーントゥとなり、今もなお生き続けているのだろうか。

チクタク……
チクタク……
柱時計の音が続いていた。

スサノオ

プロローグ

大トラは紅い満月の明かりをたよりに山の尾根へと駆け続けた。
懐かしい里山を振り返る。
清らかな湧き水が糸のように岩肌を伝って小さな滝となり
やがて小川になってなだらかな台地を縫っていく。
住み慣れた野や森は、紅色の満月に照らされていた。
居心地の良かった竹林もゆるやかに揺れている。
ひと息に尾根まで駆け上がると、
足元は白く固まった雪がサクサクと音を立てた。
振り返ると大湖は青黒くたおやかに水をたたえ

満月の紅色の明かりをその湖面にゆらゆらと
揺らしていた。
大トラはため息をついた。
白い吐息が青黒い静寂の中でふっと息づいた。
あいつはいったい何者だ。
住み慣れた里山に目をやると、
そこには
チロチロとオロチの舌のようなイカズチが里山をなめつくしている。

イカズチを自由に操るヤツ。いったい何者だ。
火の山の岩戸にいるというアマテラス大神《おおみかみ》以外に
そんな芸当のできる存在をついぞ知らない。
父や祖父・大祖父にいたるまでそんな話があったことがない。
大神が大地と大湖を創造して以来、

そんなことは
起こったことがなかった。
大トラは里山がイカズチで燃えつくされるのを
じっと見ていた。

春には美しい色とりどりの花が咲き乱れ、
雪どけ水で生き生きと生き返った小川は、
何本も何本も合流し
一つの川となり大湖に吸いこまれてゆく。
梅雨の雨が上がると大湖の周りのなだらかな山々は
一面みどりの衣をまとう。
青々とした天空には、雲がきのこのように盛り上がっていく。

やがて雲は小さく分かれ、魚のうろこのような雲になって
夕陽に照らされると

キラキラと輝く季節が
やってくる。
山々がいっせいに色づき始めるのだ。
里山がもっとも光り輝く季節・秋がやってくる。
銀杏《いちょう》が黄金に輝く頃、
楓《かえで》が紅色のじゅうたんを
山径《やまみち》に敷きつめてゆく。
落ち葉を巻く風が、やがて木々の葉も吹き散らしてゆく頃、
北から木枯らしがやってくる。
木枯らしは氷雨をもたらし、山々は寒々とした静けさに包まれる。
空中で線香花火のようにポッポッと咲く粉雪が見られる頃、
里山は、音もなくただしんしんと雪深い
冬の季節の中で静かに冬眠をするのだ。
そんな繰り返しが、何十回、何百回、何千回と営まれていた。

きょう、大湖の湖面すれすれに紅い満月があがった。

と、同時にイカズチが里山を襲ったのだ。

イカズチはメラメラとその灼熱の炎ですべてを焼き尽くす。

野の花も木も森もすべてを焼き尽くしている。

大トラは尾根からじっとその光景を眺めていた。

言い知れぬ悲しみと怒りが込み上げ、思わず声を絞り出すように咆哮した。

雄たけびは、紅い満月に向かって、

長く長く続いた。

青黒い静寂の山々に、何度も何度も悲しくこだましていった。

いったいヤツは何者だ。

イカズチを自在に操る者。

火の山の大神以外に心当たりは浮かばない。

ただ、大神がイカズチを使うのはよほどのことである。

事前に必ず嵐と大神の怒りの太鼓が打ち鳴らされる。
里山は嵐の中にあり、太鼓の鼓動が大地を揺るがす。
太鼓の響きが近づいて、大湖にイナズマが数度走ると、
イカズチは大地や森の木々を打ちつける。
そして、周りを焼き尽くすのだ。
何の前触れもなく、突然、イカズチが音もなく
火の山の分身を撒き散らすなど
見たことも聞いたこともなかった。
大トラは、尾根伝いに北の山に向かった。
そこには、冬の雪がまだ深く残っている。
岩の間にいくつもの洞窟が迷路のように走り、外界からは見えにくい。
そのうえ、岩山に登れば里山と大湖が一望できるのだ。
適当な洞窟を見つけ、今夜はとにかく寝ることにしよう。
明日アマテラス大神が大地を照らす頃、

里山の様子を見に行こう。
そう思い直した。
振り返ると満月は湖上高く、群青の天蓋の中心にまで昇っていた。
もはや、紅い輝きは失せ、いつものように蕭々と
青白く丸く輝いていた。

序　幕

スサノオ
聞いたことがない名だ。何者だ。
大トラが岩山を下り、里山に向かう径々を色んなヤツらが逃げてくる。
スサノオ、イカズチを操るヤツ。そいつに里山は焼き尽くされた。
食べ物となる木の実も焼かれ、多くの仲間が焼け死んだ。

もうここには住めない。北の峠を越えて疎開しよう。

皆、とぼとぼと峠に向かっていく。

大トラは彼らを横目に見ながら下っていった。

里山の入り口の切り通しにかかると、白い巨体が立ちはだかる。

大トラは威嚇の低いうなり声を上げた。

白いイノシシが赤い眼でじっと見据えている。

元気がない。

大トラと縄張りを争って戦ったその白い巨体からは、精気と殺気がまるで消え失せて無いのだ。


「大トラじゃないか。皆、スサノオにやられた……

ここから先へは行くな。危ないぞ」

白イノシシは弱々しく語りかけた。

「どこへ行こうと俺の勝手だ。どけ。どかなければ今日こそ、白黒つけてやるぞ」

そう言い捨てると大トラは低く身構えた。

白イノシシの眼が一瞬泳いだと思った時、イノシシはその巨体を突然くねらせると、そのまま切り通しの壁に寄りかかるように頽《くずお》れた。

「おい、どうした！　イノシシ野郎。いったい何があった」

「スサノオにやられた！　俺はもう永くない。これから先に行くつもりだな。スサノオには十分気をつけろ」

「何を言っている！　しっかりしろ。お前との縄張り争いがなかったら俺の人生は退屈でたまらねえ……

しっかりしろ！」

白い巨体の肩口から背中にはパックリと口をあけた刀傷が見えた。その傷口からはドクドクと真っ赤な血潮が噴き出している。

白イノシシは巨体を苦しげによじって大トラを見据えて言った。

「スサノオを甘く見るな。ヤツはイカズチを操るだけではない。クサナギも操る。気をつけろ」

「クサナギ？　何だ、それは」

大トラは勢い込んで聞いた。

「俺の牙やお前の牙よりも鋭く長いものだ。すべてのものを切り裂く光るもの……

スサノオはクサナギでもって八岐のオロチを成敗したそうだ。……気をつけろ」

八岐のオロチを成敗？　火の山の洞窟に住み八つの頭を持つ化け物蛇。ずるく戦いに慣れた強敵である。

オロチをやっつけ、また、白イノシシにも深傷《ふかで》を負わすとは。

大トラは言い知れぬ恐れと怒りに身を震わせた。

ヤツはいったい俺たちの里山で何をするつもりだ。

皆あいつに焼き殺された。残ったヤツらもこの黒こげの大地でどうやって生きてゆけというのだ。

「なあ、大トラ。俺のようにただ突撃したのではヤツの思う壺だ。ヤツと戦うつもりなら、俺も連れていけ。いいな。ヤツにも……」

そう言いかけて、イノシシは息絶えた。

大トラはジッと白イノシシの巨体を抱いていた。
胸の中をつむじ風が吹き抜けていった。
いったいあの野郎は、この大地と大湖の里山を滅茶苦茶にして何を企んでいる。
スサノオ……イカズチと……クサナギを操る者。
大トラは何度も何度も心に刻むように呟いた。
「決して許さぬ」

第二幕

第一場

山肌を縫うように大トラは駆けていた。
イカズチの傷跡を残す木々の枯れ枝に炎がくすぶり煙たい空気が谷間に充満する。

山から谷に流れる谷風は、大トラがいつも獲物の風下に立つために利用する風である。谷を抜け里山へと流れていく。

いつもなら獲物を風下から追い立てこの谷で仕留めるのを狩りの常道としていた。

大トラは今日、風上に立っている。イカズチの炎は風上には上がってこない。

焼け焦げた枯れ木や草花のにおいが大トラの気配を消してくれる。

ヤツがスサノオか？　大トラは風下の方角に目を移した。

大トラはイカズチの炎を背に陽炎のように立つ二本足のそれを見つけた。

小さい。

それに決して強そうには見えない。タテガミもなければ、キバもない。こいつが本当にスサノオなのか。

大トラは訝った。八岐のオロチを倒し、白イノシシに重傷《ふかで》を負わせた張本人なのか。

こんな野郎、一撃で倒してみせる。

——そう思うと同時に大トラは大地を蹴っていた。

スサノオの華奢な顔が見える位置まで近づいた時、大トラは足元に熱風が吹き抜けるのを感じた。

まさに飛び掛かろうとした時、大トラの脳裏にイノシシの最期の言葉が鳴り響いた。

瞬時、横っ飛びに進路を変える。

と、大トラの進行方向の大地から大きな火柱が空高く突きあがったのだった。

すんでのところで難を逃れたが、火柱は炎の蛇となって大トラを追尾してくる。

大トラは全力で駆け抜けた。

スサノオを甘く見るな。

イノシシの声が心の中で響きわたる。心臓は早鐘のように打ち続ける。

自慢のタテガミにまで炎の蛇が襲い掛かってくる。

大トラは必死に駆け続けた。

ようやく炎の追尾から命からがら逃れたようだ。

駆け続けヘトヘトであった。

気がつくと白イノシシの亡骸のある、切り通しの峠まで来ていた。

白イノシシはその巨体を、残雪の残る岩壁の下で静かに横たえていた。まだ少しその体から温もりが感じられる。

大トラはその巨体を引きずると、里山を一望できる岩山まで運んでいった。そこはかつて白イノシシと雌雄を決して戦った場所でもあった。

大トラは一本杉の根元に穴を掘り、周りを岩と石で囲んで洞を作った。竹笹を床に敷きつめ、イノシシの亡骸を横たえた。次に自分の鋭い牙でもってイノシシの分厚い白い毛皮を丁寧に剥いでいった。

やがて白い毛皮のコートが出来上がる。大トラはそれを肩にかけると呟いた。

「イノシシ野郎。今度こそスサノオを倒す。お前も連れていってやるからな」

第二場

炎を背に陽炎のように立つスサノオは、仕留めたはずの「白イノシシ」の姿をみとめた時、はっと動作を止めたかに見えた。

そのスキをついて「白イノシシ」はスサノオに突進した。

すんでのところでスサノオは体をかわす。

スサノオが態勢を整える前に間髪を入れず、二度目の突進が敢行された。

「白イノシシ」のキバがスサノオの体を突く。

大トラは仕留めたと思った。

が、寸前、クサナギが刃《キバ》をむいた。

その刃《キバ》はどこから現れたのか、一瞬のことで、大トラは理解できなかった。

確かにイノシシの毛皮の鎧がなければ、自分も致命傷を負っていたに違いない。

自分の額からは赤い血潮がしたたっている。振り返ると、スサノオはゆらゆらと陽炎の中に沈んでゆくところだった。

こうしてはいられない。

大トラは我に返った。

イカズチによって退路が絶たれてしまう。

大トラは「白イノシシ」の毛皮の鎧を背負うと炎の中に飛び込んでいった。その毛皮がすんでのところで大トラを大火傷から守ってくれた。

大トラは炎の中を駆け続け、やっとの思いでイノシシの亡骸の待つ洞までたどりついた。

背中で白イノシシの毛皮がチリチリと焦げている。

精も根も尽き、振り返ると里山の野原はイカズチの炎に包まれている。

あたりは夕闇に包まれた。赤い炎だけが先ほどのスサノオとの死闘を展開した野原を覆い尽くしていく。

毛皮を脱いだ大トラは、それが本来あるべきところ、イノシシの亡骸にかぶせると、その傍《かたわ》らで死んだように眠りについた。

「イノシシ野郎。スサノオはこの俺が仕留めた。

静かに眠ってくれ」

あたりはとっぷりと暮れた。

大トラは翌朝早く目覚めた。

まだ東の大湖の湖面は真黒な鏡が貼ってあるような静けさであった。

昨夜のイカズチの炎もくすぶり、焦げ臭いにおいだけが湖面からの涼風に運ばれて大トラの鼻孔を刺激した。

白イノシシは洞の中で無残な姿で横たわっている。

自慢の白い毛並みはイカズチにより黒焦げとなっていた。

額はスサノオの最後の攻撃、クサナギの刃《キバ》の跡でパックリと割れていた。

大トラも自分の額にできた三日月の刃傷が疼くのを感じていた。

第三幕

里山をはなれた大トラは火の山のふもとの岩山で三度目の秋を迎えていた。

今年の秋は天候が悪く山の草木が早く枯れた。

動物たちも食べる物がなくなった。

トビが低空で弧を描くように飛びながら、笛のような鳴き声で仲間に合図を送っている。

「里山の方は食い物がいっぱいで、何不自由なく獲物が獲れるぞ。里山に戻ろう」

皆はトビのかけ声を半信半疑で聞いていた。

大湖の北の端からやってくる渡り鳥も、いつもの秋より早く群れをなしてやってきた。

火の山のふもとは大湖の北のはずれの地と大して変わらない冬の到来を予感させた。

群れの斥候隊が一陣、里山の方角に向かって去っていった。

数日してその一群が戻ってくると、今度は大挙して渡り鳥の群れが里山の方角を目指して去っていった。

まもなく大白鳥たちがやってくる季節となろう。

彼らも里山の方へ行ってしまうのだろうか。

火の山は相変わらずグッグッと地鳴りを続け、ときおり噴き出すイカズチは寒い白い冬の季節にさえ変わらず、炎をたき続けている。

岩山の里は草木も枯れ、動物たちも皆、鳥たちの情報を頼りに里山に向かったようだ。

岩山には大トラと大ワシだけが残った。

もうすぐそこまで来た白く寒い冬の季節はヒューヒョーと木枯しを呼んでいる。

大ワシが言った。

「大トラ。お前は里山に戻らんのか？　もう皆行ってしまったぞ」

「あそこは俺のいる場所ではなくなった。戻る気はない」

大トラは三年前のスサノオとの死闘を思い返していた。

白イノシシの死も、つい昨日のことのようによみがえってくる。

スサノオが俺たちの里山を黒焦げにしてしまった。

皆がやっとの思いで難を逃れ、この火の山のふもとで暮らせるようになったというのに。今更戻れるものか。そう大トラは呟いていた。

「自分はこの火の山の崖を駆け上る強い風がないと大空に飛び出せないんだ」

そう大ワシは語りかけた。

「里山の弱い風ではこの巨体が宙に浮かないんだよ」

大ワシは自嘲気味に呟いた。

「だから自分はここに残るしかないんだ」

大トラは大ワシの話を聞いていた。大ワシは続けた。

「お前は一度里山に戻ってくれ。どんな様子か教えてほしい。意地を張らずに里山に戻ってくれ」

大ワシはそう言い残すと大湖から火の山に昇る暖かい気流に大きな翼をあずけ、一気に絶壁に沿って昇っていった。

真下に大湖の紺碧の湖面。

火の山の上空には真っ青な空。

大トラは大ワシの雄姿を長い間じっと見つめていた。

終　幕

大トラは葦の群生地を足音を消して進んでいく。

三年前に暮らしていた里山は大きく変わっていた。

イカズチの炎で焼き尽くされた野には、イナホという新種の作物が隊列よろしく整然と群生していた。

渡り鳥たちに聞くと、その小粒な白い実はなかなかの美味だという。

以前色とりどりの草花や木々で覆われていた野は黄金色のイナホで埋め尽くされている。

さらに目をやると河口の台地一帯に白い煙が幾筋もたなびいている。

白い煙は幾つもの小屋の屋根から空に向かってゆらゆらと昇っていく。

大トラは思わず息を殺して身構えた。

それにしても丸太小屋はていねいに頑丈に造られている。

いったい誰が……

自問しながら大トラは周囲に目をやった。

その時、大トラの目に飛び込んできたのは、そう、忘れもしない、二本足で立つ者・スサノオの姿そのものであった。

大トラは目を疑った。ヤツは不死身か。

スサノオの最期の姿は今でも鮮明に思い出す。

確かな手ごたえの後、ヤツは火の中に陽炎のようにゆらゆらと沈んでいったではないか。

思いをめぐらせていると、自然に総毛が逆立ち、口がからからに渇いていく。

ふと目を小屋に移した時、大トラは絶句した。

スサノオ。

スサノオが幾体もいるではないか。

二本足で直立し、毛皮の代わりに白い薄い布を覆い、唯一の黒い毛を小さな頭に結い合わせている。

なぜ幾体もスサノオはいるのだ。

それと台地に陣取った小屋の群れ。

各々の屋根から白い煙がたなびいている。

小屋はスサノオの住処《すみか》に違いない。

すると各々の小屋から立ち昇る白い煙はすべてイカズチの源なのだろう。

それぞれのスサノオがそれぞれイカズチを持っているということなのか。

大トラは混乱する頭で考えた。

ぼんやりと遠くの野ではスサノオがまた野にイカズチを放っている。

いったいどうなっているんだ。

いったいこれはどうしたことか。

大トラは今、目の前で起こっていることが現実でないことを願った。

いつしか大トラは白イノシシを葬った岩の洞の前に来ていた。

「なあ、イノシシ野郎。俺はどうかなってしまった。確かに、あの時、スサノオは始末したはずだ。だが里山に戻ってみると、スサノオは生きていた。それはかりか、幾体にも増えていたんだ。スサノオだらけだった。

いったいどうなっているんだ」

大トラは混乱の中で一人呟いた。

「お前さん、面食らっているようだな」

突然の声に振り返ると、そこには銀ギツネがあざけるかのような目で大トラを見つめていた。

今日の大トラは銀ギツネを威圧する気力も残っていない。

ただ、じっと銀ギツネを見据えていた。

「お前さんのことは有名で皆、知っている」

銀ギツネは妙に慇懃に続けた。

「お前さんと白イノシシはスサノオに一撃を食らわせた。今や伝説になっている。スサノオはお前さんにやられた傷が元で命を落とした」

銀ギツネをさえぎるように大トラは聞いた。

「スサノオは一人ではないのか」

「スサノオはスサノオさ」

「あんたが河口の台地で見た光景、すべてがスサノオだよ」

銀ギツネは、そんなことも分からんのか、と言いたげであった。

「スサノオは里山をイカズチでもって丸焼けにした。

その後、クサナギを使って地を耕し、小川の水を引きイナホの種をまき、育てたんだ」

「…………」

「秋になるとイナホが実をつける。冬に入っても食べ物がなくて飢えるということがなくなったのさ」

「…………」

大トラは黙って聞いていた。

「イナホが育った野は養分をイナホに取られて痩せる。だからひと冬か、ふた冬、イナホの種をまかずに休ませる」

「その代わりにまた別の野を焼いてイナホを育てるのさ」

「スサノオはそうして冬の飢えをなくしているんだ」

銀ギツネはしたり顔で説明した。

大トラは言った。

「しかし、野を焼かれた者たちはどうなった。食料となる木の実や草の実もなくなった。皆追われて火の山のふもとに疎開したではないか」

銀ギツネは鼻で笑った。

「今年の冬は火の山のふもとは草木は枯れ、皆餓死寸前で里山に舞い戻ってきているぞ」

「ここではスサノオの食べ残しにいくらでもありつける。獲物を探してひもじい思いをしなくても済むのさ」

「スサノオの食べ残しを拾って暮らしているのか?」

大トラの声に怒りの炎がめらめらとわいてくる。

大トラは低くうなった。

銀ギツネはビクッと後ずさりすると、しっぽを巻いてイナホの畝の中に消えていった。

あの美しかった里山は面影もなく変わってしまった。

一面黄金色のイナホの群生とスサノオの村。

里山に戻った連中はスサノオの食べ残した物に群がって生計を立てていた。

大トラは言いようのない孤立感にさいなまれた。

トビが低空で舞いながら今日はスサノオの食べ残しのアブラアゲを何枚取ったかを仲間と得意気に話してゆく。

カァーッとカラスが一鳴きして飛び去った。

山の端が紅色から薄紫に変わり、突然里山に夕闇が訪れる。

大トラはため息をついた。

踵を返すと、火の山のふもとに向かって駆け出していた。

振り返ると大湖の湖面すれすれに紅い月が丸く浮いている。

大トラは思わず咆哮した。

雄たけびは長く長く山々にこだましていった。

エピローグ

大ワシは言った。

「どうしても行くのか？」

大トラはうなずいた。

「ここで俺たちだけでも暮らしていけるだろう。火の山の向こうはアマテラス大神《おおみかみ》も手をつけていない未開の地と聞いている。そんなところへ行っても何もないぞ」

大ワシは心配そうにそう諭してくれる。

大トラは大ワシに一礼した。

火の山のふもとの岩山は厳しい環境ではあったが、居心地は悪くなかった。

ただ、大ワシのようにこの場所が自分の居場所、そうあるべき場所とはどうしても合点が行かないのだ。

とにかく行ってみよう。

大トラは決心した。

火の山を越えた先は、誰も知らない未開の地という。

火の山の峠を越えると、ナラクという下り坂になるという。

どこまでも続く長く暗い下り坂だという。

大トラは意を決して、ナラクを目指して駆け出した。

あたりは真っ暗で、それこそどのくらい走ったのだろう。

下りの勾配が無限に続くように思われた。

何日も駆け続けたように思うが、時の感覚すらなくなっていた。

ある時、下り勾配がなくなり平らな床に着いたと思った。

あたりは真っ暗で、静寂に包まれている。

大トラは周囲に低くうなり声を上げた。

暗闇の中で声の反響のない方向が一つだけある。

大トラは声が吸い込まれていく黒い壁に向かって進んでいった。

そこはどこまでも暗く自分の吐く息の音以外何も聞こえない。

しばらく進むと先になにやら青白い光が見え隠れする。

大トラは歩を速めた。

ザッザッという大トラの四足が地面を駆る音だけが四方の壁にこだまする。

と、ガランと広くなった青白い光の広間に到達したようだ。

大トラはじっと目を凝らしていた。夜目は利く方だ。

自分の気配を消していつでも飛び出せるよう戦闘準備を整えていった。

誰かが闇の中からこちらにやってくる気配がする。

やがてそれは真黒の岩壁から壁画の一部のように青白く浮かび上がると広間の中央、大トラの身構えるところまで大またで近寄ってくる。

「何者だ。何しに来た」

大トラの数倍もの背丈を持つ大男。

二本足で立つその者は暗闇の中に青白く輝き浮かんでいる。

低い地響きのような声で威嚇していた。

大トラの総毛は逆立ち今にも臨戦態勢に入っていた。

と、「はて」と大トラはその大男をまじまじと観察しながら問い返した。

「おい、お前。造りがスサノオにそっくりだな」

大男の顔に明らかな動揺の色が走った。

「お前はスサノオの家来か。それともスサノオのできそこないか」

「…………」

相手が返事に窮していると見て、大トラはたたみかけた。

「おい、できそこない。そこをどきな」

大男は動揺を気取られまいと威厳のある声色でうなった。

「俺様はニオウだ。ここで不埒なヤツが通らぬか見張っているのだ」

「なんだ、ただの門番か。全くの下っ端ってことだな」

ニオウはムッと唇をへの字に曲げて闇の中で突っ立っている。

「やい門番。これから先には何があるんだ」

「…………」

ニオウは突っ立ったまま黙っている。

「なあ、教えてくれ。ニオウ」

突然、名前を呼ばれて、ニオウはしぶしぶ答えた。

「この先はジゴクだ。ジゴクの前にはエンマ様がおいでだ」

「エンマ？　そいつが何者か知らないが、お前はそいつの門番ってわけか」

へっと大トラは毒づいた。

「おい、ニオウ。お前の造りがスサノオにそっくりなのはいったいなぜなんだ」

大トラは低く問い返した。

「スサノオがこの世界まで取り仕切っているということか」

大トラはたたみかける。

ニオウはいかつい顔をゆがめている。

明らかに答えに窮している風である。

「これ以上奥に行くことはならん」

ニオウは精一杯の声音で威圧しようと大声を発した。

「お前のような門番に四の五の指図は受けん」

大トラも返した。

大トラは妙に腹立たしさを覚え、ニオウをきっとにらみつけると低くうなった。

「どけ。俺は行くぞ」

ニオウは慌てて闇の壁の中にかき消えていった。

「門番め。何がニオウだ」

大トラは怒りがさめぬまま一人呟いた。


大トラは長く一人で暗黒の中にいたためか、誰であっても話しかけられ、話したことに妙に心が高ぶっていた。

この先にエンマがいるという。

そいつもスサノオに似ているのだろうか。

そんなことを考えながら、暗闇の中を進んでいった。

またしても先に青白く光るものが見え隠れし始めた。

薄れかけていた緊張感も光が近づくにつれ徐々によみがえってくる。

全身の毛が逆立つのをキリキリと感じていた。

「お前はいったいここに何をしに来た」

突然青白く包まれた奥の洞窟から地響きのような声がこだましてくる。

大トラは声のする方に体を向ける。

真正面の黒い壁の前に青白く光る姿が浮かび上がっている。

ニオウよりひと回り大きい。

「お前がエンマか」

大トラは低くうなる。全身が総毛立っている。

エンマは負けじと声を荒げた。

「何しに来た、と聞いている。なぜ、答えん」

大トラは物怖じせず聞き返した。

「おい、エンマ。ところであんたは何でスサノオの姿を真似ているんだ」

エンマはできる限り威厳を保とうと、地響きのような声を出した。

一所懸命、貫禄を見せつけようとしている。

エンマの顔はゆがんでゆく。

「おい、エンマ。なぜスサノオの物真似をしているんだ」

大トラは追い打ちをかける。

「さてはお前もスサノオに創られたまがい物だな」

エンマは不機嫌に怒ったような顔を見せた。

大トラは言った。

「おい、エンマ。それとさっき会ったニオウ。

どっちもスサノオの姿に生き写しだ。

ヤツに媚びてお前らは姿形まで真似たのか」

大トラは焼き払われた里山のことを想い返した。

「どうなんだ、答えろ。エンマ」

大トラの怒声が真っ暗な洞窟の壁に当たって反響する。

エンマは大トラの迫力に真顔になった。

「私もニオウも、これより先の世界には誰も近づけるなと言われています」

そう素直にエンマは答えた。

「誰に。誰がお前らにそんな命令を出したのだ」

エンマは直立不動のまま口を閉じた。

「大湖と大地を創ったアマテラス大神でさえ、この先の世界を知らないというのに、いったい誰がこの先の世界を創ったというのだ」

大トラは胸の中に怒りの炎がフツフツと湧き出るのを感じながら低くうなった。

「おい、エンマ。お前、誰の許しを受けてそこにいる。

スサノオに命令されたのか。

スサノオはお前やお前の門番、ニオウも創ったのか」

「おい、答えろ」

洞窟の内を大トラのうなり声が嵐のように響いていった。

エンマは口を真一文字にし、口を開こうとしない。

「じゃあ聞く。この先に何がある。答えろ」

直立不動のままエンマはおずおずと答えた。

「ジゴクです」

「ジゴク？　何だそれは」

「世界の終わりです」

大トラは言い知れぬ怒りに全身の毛を逆立ててうなった。

俺の住んでいた里山がスサノオに焼き尽くされた。

あの時以降の俺の里山が、世界の終わりだ。

それ以上の世界の終わりがいったいどこにあるというのだ。

「おい、エンマ。そこをどけ。世界の終わり、ジゴクとやらがどんなものか、この目で見てやる」

「それは……」

エンマは口ごもった。

「何だ。どうしたらジゴクに行けるんだ。はっきり答えろ」

大トラの声は今にもエンマを食いちぎらんほどの殺気をはらんでいた。

エンマは観念したのか口を開いた。

「大トラ様。今までに何か悪いことをしていませんか」

エンマはおずおずとたずねた。

「俺は今まで大神の創った里山で分を守って生きてきたつもりだ。何も誰にも恥じることも媚びることも金輪際したことはない」

エンマは目を丸くして大トラの言うことを聞いていた。が、

「それではジゴクに行くことはできません」

キッパリそう言うと暗闇の中に消え入ろうとする。

「おい、こら待て。エンマ。じゃあスサノオはジゴクへ行けるのか。それともジゴクを知っているのか。答えろ」

エンマはもはや体の半分を漆黒の壁の中に沈め、口は真一文字に結んでいる。

「おい、エンマ。答えろ。どうやったらジゴクへ行けるんだ。答えろ」

エンマは暗闇の壁の中にまさに消え入ろうとしている。

どうしたらジゴクに行けるんだ……

ジゴクの先には何があるんだ……

答えろ……エンマ……

エンマは口を真一文字に結び、無表情でその輪郭はすでに漆黒の壁と同化している。

おい、エンマ……答えろ……

やがて青白い炎は消え、あたりは真っ暗闇に包まれた。

どこまでも黒く真っ暗で。

大トラの叫び声さえも漆黒の深淵の内に吸い込まれていった。

了

あとがき

この三年間、コロナウイルス蔓延下と波状の猛威で、私たちの日常生活にも支障が表出し続けている。

前線でコロナ禍と闘う人々の防衛努力にもかかわらず医療現場の逼迫状況は変わらず、犠牲となった方々もいまだ存在し続けている。

二〇二二年、年の瀬から新年にかけて第八波の到来がとり沙汰される。加えて、しばらくなりを潜めていたインフルエンザも再流行の兆しを見せている。この攻撃的ウイルスと何とか折り合いをつけて、日常を取り戻したいものだ。

暗い話ばかりではない。

秋には数百年に一度という珍しい月食が見られた。次回、同様の月食が見られるのは数百年先の未来とのことだ。

私たちの時の流れは、天体のスケールから見れば一瞬の出来事にすぎないのだろう。


時を同じくして、サッカーのワールドカップ大会が中東の地で開催された。十二月二日には、日本サッカーチームが強豪「ドイツ」に続いて「スペイン」チームにも競り勝ったというニュースが飛びこんできた。

日本じゅうが歓喜に包まれた。惜しくも決勝進出はかなわなかったのだが、一瞬ではあるものの年の瀬の重苦しい空気を吹き飛ばしてくれたのだ。

日本チームの、倒されても倒されても立ち向かってゆく健闘ぶりに心を打たれた。心から感謝とエールを送る。

タフな強敵ウイルスにも粘り強く防衛し耐え抜くことで、いつか私たちの生活にも「ドーハの勝利」のような時が訪れることを願うのみだ。

明るいニュースがもう一つあった。

南の島から友人が訪ねてくれたことだ。

十五年程前、大病をした身体と心を癒すために訪れた島である。

彼は年に一度、南の島から明るい風と光を運んで訪ねてきてくれるようになった。

秋には風速七十メートルを超える台風が彼の島を横断するのだ。努力して築きあげた物が一瞬で吹き飛んでしまう程の嵐である。それも毎年のように。

彼はそれを撥ね除け、立ち上がり、家族や仕事場であるホテルを守り続けてきた。

今や彼は、そのホテルの総支配人にまで上りつめたのだ。だが、総支配人となった現在でも、彼は私と出会った頃の少年っぽさを残したまま、明るい光と風、それと青い海の香りを纏《まと》って訪れてくれるのだ。

さあ何度でも立ち上がろう。

二〇二三年は、始まったばかりである。

きっと良いことが待っているだろう。

この『柱時計』を読んでくださったすべての皆様が健やかに暮らしてゆかれることを願って。

二〇二三年　―卯年、睦月―

満月に願いを込めて

周　舜

著者プロフィール

周 舜（あまね しゅん）

1951年生まれ。愛知県出身。
〈著書〉
『ムサシの茶室』（2019年８月、文芸社）
『運慶』（2020年10月、文芸社）

柱時計

2023年４月15日　初版第１刷発行

著　者　周 舜
発行者　瓜谷 綱延
発行所　株式会社文芸社
〒160-0022　東京都新宿区新宿１－10－１
電話　03-5369-3060（代表）
03-5369-2299（販売）

印刷所　図書印刷株式会社

ISBN978-4-286-29099-7　JASRAC 出2209356－201